Une semaine au château

Pour Fédérico et sa famille,
vive les châteaux !
M.

www.editionsflammarion.com

Conception graphique et mise en pages : Flammarion et Marie Pécastaing
© Flammarion, 2016
Éditions Flammarion – 87, quai Panhard-et-Levassor – 75647 Paris Cedex 13
ISBN : 978-2-0813-7066-1 – N° d'édition : L.01EJEN001269.C003
Dépôt légal : février 2016
Imprimé en Espagne par Liberdúplex – février 2017
Loi n° 49-956 du 16 juillet 1949 sur les publications destinées à la jeunesse.

Une semaine au château

Texte de
Magdalena

Illustrations
d'**Emmanuel Ristord**

Castor Poche

Vendredi, c'est l'effervescence dans la classe
des CE2. La directrice, madame Chabon,
prépare les affaires pour le voyage scolaire.
Avec ses élèves, elle remplit la malle de cahiers,
crayons, livres sur le Moyen Âge…
« On va travailler ? demande Basil, étonné.
– Oui, répond la directrice, un temps de classe
est prévu chaque fin d'après-midi.
– Pff, pas drôle, dit Basil à Marie.
– On aura le droit de se battre avec des épées ?
demande Lukas en mimant un duel avec Kanoa.
– Vous aurez quelques leçons d'escrime,
répond madame Chabon.
– Que les garçons ? demande Noémie.
– Mais non, garçons et filles, voyons, dit la directrice.
– Tant mieux, dit Noémie, car moi j'aime pas
les trucs que pour les filles.
– Normal, t'es un garçon manqué,
lui dit gentiment Nabila.
– Et toi, tu es une trop fille », rétorque Noémie
en mettant ses bras autour des épaules de Nabila.

Le dimanche soir, chez elle, Lucie prépare sa valise.
Elle adore l'idée d'aller passer une semaine
au château avec sa classe.
Elle réalise qu'il lui manque des affaires.
Elle laisse un message sur le répondeur de sa mère :
« Mam, tu peux déposer chez papa le petit sac
qui est resté dans l'entrée ? J'en ai besoin
pour le voyage scolaire demain. Merci Mam.
Bisous et à vendredi. »
Et elle raccroche.
Lucie souffle : à vivre entre deux lieux,
il lui manque toujours quelque chose.
Et comme elle est aussi étourdie que sa mère,
ça n'arrange rien.
Il lui tarde déjà d'être assise dans le car.
Mais avant, il est l'heure de se coucher !

Le lundi matin, c'est le grand départ.
Le moteur du car tourne en faisant
un bruit tonitruant.
Basil, qui a toujours la langue bien pendue,
proteste :
« Mon père dit que c'est pas écolo de laisser
tourner le moteur à l'arrêt.
– N'empêche que comme ça, on a le chauffage »,
dit Anaé, qui est frigorifiée.
Madame Chabon compte et recompte ses élèves :
tout le monde est là.
Enfin, elle rejoint le père de Basil,
qui accompagne la classe en voyage scolaire.
Elle lui dit :
« Encore merci de venir avec nous.
– De rien, ça va me changer. Mes élèves sont
plus vieux et puis cela fait longtemps
que je n'ai pas joué au chevalier. »

Basil s'est installé à côté de Marie. Il lui dit :
« La directrice est malade en car,
et elle a demandé à mon père de nous
accompagner. C'est un parent prof,
il a l'habitude de s'occuper des élèves.
Comme ça, elle pourra dormir au lieu de vomir. »
Mais Marie ne rit pas car elle aussi est souvent
malade en voiture, et Basil semble l'avoir oublié.
Même qu'une fois, elle avait vomi sur lui.
Tout à coup, Basil découvre l'écran suspendu.
« Trop bien, on a la télé ! dit-il, épaté.
– On va regarder quoi ? demande Jimmy.
– On va voir un documentaire »,
répond la directrice.
Grand silence, les élèves sont déçus.
Elle ajoute :
« Je plaisante, c'est un dessin animé. »
La classe, soulagée, applaudit.

À l'arrivée, deux animateurs en costumes
du Moyen Âge accueillent la classe sur le pont-levis.
Celui déguisé en troubadour prend la parole :
« Bienvenue au château !
Ici vous vous sentirez comme chez vous,
ici vous vous amuserez comme des fous,
ici vous connaîtrez le Moyen Âge de bout en bout. »

Puis il présente sa collègue en chantant.
Les CE2 sont épatés.
« Trop bien, dit Basil.
– J'y crois pas, dit Malo.
– On va bien rigoler »,
dit Lukas, qui adore se déguiser.

Une fois les bagages installés
dans les deux grands dortoirs,
les élèves ont droit à un copieux goûter.
Sur les tables, il y a d'énormes tranches de pain,
du beurre et de la confiture à volonté.
Basil demande :
« C'est quoi, ces tartines ? On dirait des assiettes.
J'ai jamais mangé ça, moi. »
L'animatrice, qui l'a entendu, sourit et explique :
« Le pain est fabriqué dans le moulin qui fait partie
du domaine et les confitures sont faites maison. »
Comme pour s'excuser d'avoir commencé
avant tout le monde, Elias dit :
« C'est trop bon ! »

«C'est ici que nous ferons classe,
annonce madame Chabon quand elle s'installe
avec ses élèves dans une pièce du donjon.
– Moi, je préfère garder la porte avec lui», dit Basil
en s'arrêtant devant l'armure d'un chevalier.
Clic-clac, la directrice le prend en photo et dit :
«Nous allons créer le journal de notre semaine
au château, avec des photos. Au retour,
on le photocopiera pour l'offrir à vos parents.»
La classe est emballée. Marie s'écrie :
«Avec Basil, on se charge de faire les photos!»
Lucie, qui adore écrire, propose timidement :
«Je veux bien être rédactrice.
– Moi aussi!» disent Johanna et Nabila.
Jimmy propose aussitôt de faire une page BD
sur le Moyen Âge.

Quand sonne la trompette qui annonce
l'heure du dîner, ils sont tous surpris.
«Déjà! dit Lukas.
– Vivement demain qu'on continue!» dit Lucie.

Après le dîner, les garçons regagnent leur dortoir. Le père de Basil dit :
« Maintenant, chacun va faire son lit.
– On n'a pas de couette ? demande Kanoa.
– Non, des draps et des couvertures, répond le père de Basil.
– On est vraiment au Moyen Âge, alors, dit Basil.
– Mais on n'a jamais fait nos lits avec ça ! dit Malo, inquiet.
– Bon, je vais vous montrer. »
Le père de Basil choisit un lit au hasard et le fait.
« Trop de chance, Kanoa, dit Basil. Ton lit est fini !
– J'ai oublié, tout séjour réussi commence par une belle bataille de polochons ! » dit le père de Basil en jetant en l'air le coussin de Kanoa.

La bataille terminée, Kanoa dit, les joues rouges :
« Je crois qu'il faut que je refasse mon lit, maintenant ! »

Dans le dortoir des filles, tout le monde se met en tenue pour dormir.
Lucie pleure car elle ne trouve pas sa chemise de nuit. Elle réalise qu'elle est restée dans le sac que sa mère a oublié de lui déposer.
« On va trouver une solution, dit Johanna qui crie aussitôt : qui peut prêter un pyjama à Lucie ?
– À mon avis, personne, car on a un seul pyjama pour le séjour, remarque Marie.
– J'ai une robe qui fera une belle chemise de nuit, dit Noémie. Ma mère a absolument voulu que je la prenne pour la dernière soirée de fête. Je te la donne, même, si tu veux ! »
Lucie adore sa nouvelle chemise de nuit !
« Trop de chance, on dirait une princesse », dit Anaé, qui aurait aimé porter la robe.

Le lendemain matin, la directrice réunit les élèves et explique :
« Le matin, nous allons faire des ateliers.
Vous choisissez un atelier par jour,
celui que vous voulez, mais il faut vous inscrire maintenant pour toute la semaine. »

Les élèves sont attroupés devant les panneaux d'affichage.
« Tu fais quoi, toi ? demande Lucie à Nabila.
– Je sais pas encore, j'hésite entre poterie et calligraphie, répond Nabila. Et toi ?
– Moi, comme toi », répond Lucie.

Ce qui intrigue le plus Timéo, c'est l'activité de préparation des festivités.
« C'est quoi, les festivités ? » demande Timéo.
L'animateur répond :
« Surprise, surprise, vous verrez bien ! »

Quand chacun a fait son choix,
les CE2 se rendent dans une salle immense,
divisée en plusieurs coins d'activités.
Lucie et Nabila pétrissent la terre,
elles font de la poterie.
Johanna et Kimiko calligraphient les prénoms
de la classe.
À l'atelier d'escrime, Noémie, Malo, Lukas
et Timéo s'entraînent à manier l'épée.
Jimmy et Maxence font chacun un bouclier
avec un blason dessus.
Elias et Kanoa se retrouvent à la danse médiévale,
car ils ont tardé à s'inscrire.
Au début, ils étaient furieux, mais maintenant,
ils commencent à y prendre goût avec Marie
et Anaé comme partenaires.
Suzy et Basil ont choisi l'atelier de préparation
des festivités et ils réalisent des décorations.
Tout le monde est passionné par ce qu'il fait.

25

Après le déjeuner, c'est la visite du château.
Il faut monter un grand escalier pour atteindre
le chemin de garde.
Elias souffle :
« Mais elles n'en finissent pas, ces marches.
– Courage, chevalier », dit le père de Basil
pour le motiver.

Une fois en haut, la directrice se lance
dans des explications :
« D'ici, on pouvait surveiller, voir au loin
et anticiper les attaques ennemies. »
Basil et Lukas crient, comme si le château
était attaqué :
« Relevez le pont-levis et baissez la herse ! »
Maxence ajoute :
« Versez de l'huile bouillante, tirez des flèches,
lancez des boulets de canon ! »
Les CE2 miment les scènes en criant :
« À l'attaque ! À mort les ennemis ! »

Le mercredi après-midi,
il y a une séance collective de jonglage.
Le père de Basil, Basil et Kanoa sont super-bons.
Les autres applaudissent.
Lukas est plus doué pour imiter le fou du roi.
Timéo et Elias passent plus de temps à ramasser
les balles qu'à jongler.
«Pff, c'est trop dur, j'abandonne,
dit Elias en s'asseyant.
– Moi aussi, dit Timéo en l'imitant.
Je suis meilleur à l'escrime.
– C'est mieux, pour pas finir en brochette»,
leur dit Lukas.

Après le dîner, c'est la visite de nuit autour
du château. Tous sortent bien couverts.
Ils avancent dans la nuit noire,
chacun une petite bougie à la main.
«Attention de ne pas tomber dans les douves»,
dit la directrice au moment où ils traversent
le pont-levis.
Pendant la visite, les animateurs racontent
tour à tour des histoires effrayantes.
«Des prisonniers étaient enfermés
dans les cachots. Il paraît qu'ils hantent encore
les lieux la nuit», dit l'animateur.
Les élèves sont captivés par les récits,
mais certains ne sont plus très rassurés.
Anaé serre tellement fort la main de Suzy
que Suzy pousse un cri.
Ce cri fait à son tour crier Malo, qui fait crier Timéo.
À la fin, personne ne sait pourquoi
mais tout le monde crie.
Et la directrice, sans s'en rendre compte,
se met à marcher plus vite.

Dans le dortoir des garçons, une fois en pyjama,
Basil pense que ce serait drôle de faire peur
aux filles.
Il propose :
« Et si on mettait des draps pour jouer les fantômes ?
– Mais c'est dans les châteaux hantés en Écosse,
pas ici, les fantômes, dit Maxence, qui s'y connaît
en fantômes.
– On s'en fiche, c'est une super idée »,
dit Malo, qui a déjà un drap sur la tête.

Le groupe de fantômes garçons avance
dans le couloir.
Mais tout à coup, ils se retrouvent nez à nez
avec quatre autres fantômes.
Les fantômes garçons ne s'y attendaient pas.
Ils crient et font vite demi-tour.

Marie, Nabila, Kimiko et Johanna piquent un fou rire
sous leurs draps.
Madame Chabon, qui les a entendues,
ouvre la porte de sa chambre et dit :
« Allez, au lit ! Maintenant, on sait que les garçons
sont moins courageux que vous. »

Le jeudi matin, dans la salle de classe,
Basil et Marie trient les photos qui seront
dans le journal. Ils préparent celles de la visite
du château, de la promenade de nuit,
des séances d'escrime et de jonglage...
Kimiko s'est appliquée à dessiner le château,
et elle ajoute les légendes de sa plus belle écriture.
Johanna a fini un article, elle le lit à voix haute
aux autres pour avoir leur avis.
«Super! dit Basil. J'adore ta fin, même si
je la comprends pas bien : "Le château
du Moyen Âge est un beau lieu de vie
pour qui est capable de s'adapter au passé."
Pour rien au monde, je ne veux revivre
au Moyen Âge sans les couettes et le téléphone!»

37

Au dîner, pour le repas à la mode médiévale,
tous les élèves ont le droit de manger
avec les doigts. Il y a du gigot, des ailes de poulet
et des pommes de terre cuites au feu de bois.
Au début, Anaé hésite, ça la dégoûte un peu,
mais à la fin elle dit :
« C'est bien meilleur avec les doigts ! »

Pendant le repas, les animateurs,
déguisés en troubadour et en jongleur,
font le spectacle pour le plus grand plaisir
des enfants.

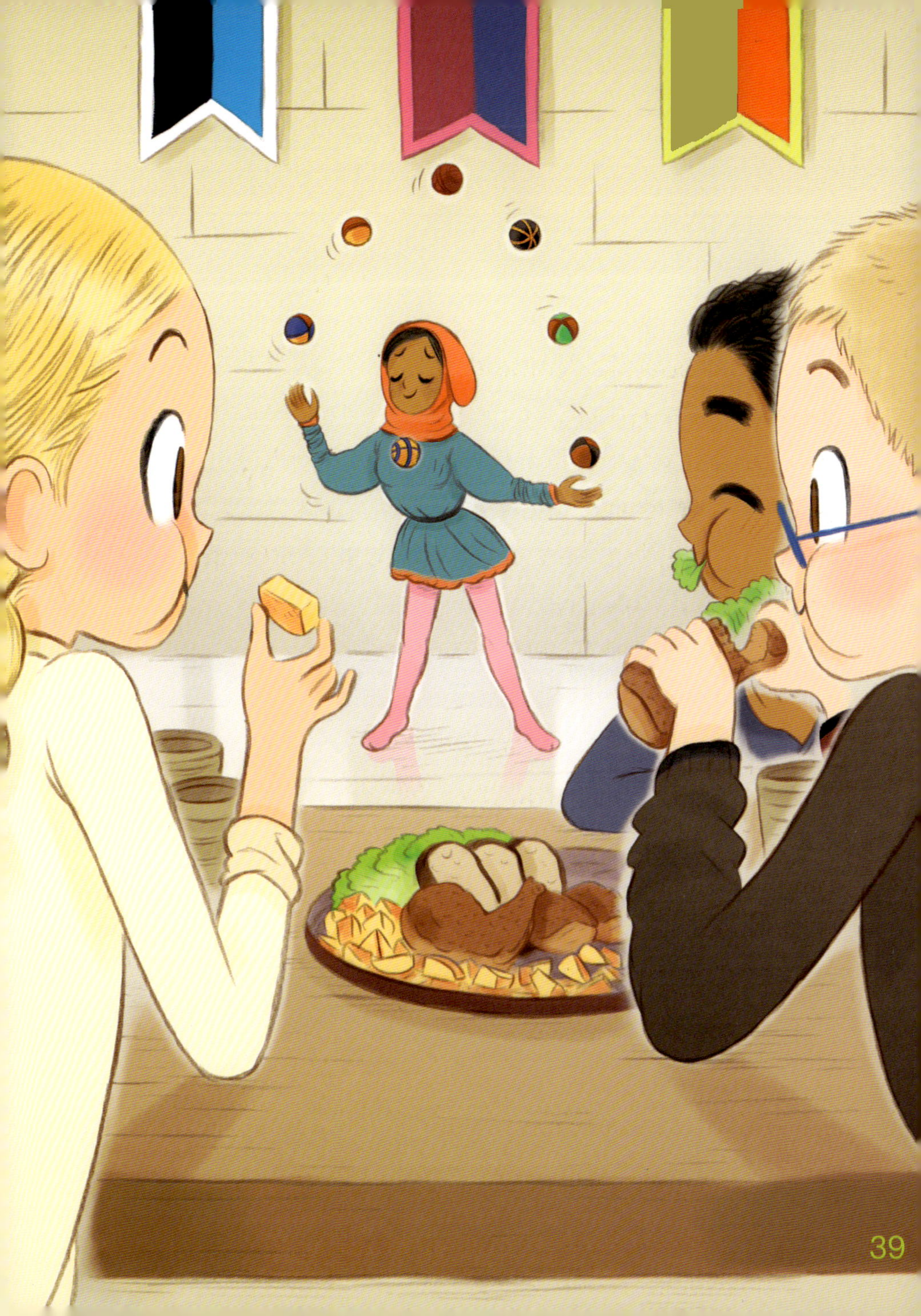

Comme c'est le dernier soir,
les élèves se préparent pour la veillée
en tenues médiévales.
Dans le dortoir, Suzy distribue fièrement à chacune
les costumes choisis à l'atelier de préparation
des festivités.
Anaé, qui a une robe jaune, fait la tête.
« Pff, je suis moche là-dedans.
– Tiens, prends la mienne, lui dit Noémie.
Pour moi, toutes les robes sont moches,
je m'en fiche. »

Une fois les déguisements enfilés,
il y a une séance de coiffage.
Nabila et Johanna s'amusent à faire des tresses
et des chignons aux autres filles.
« AÏE, tu me tires les cheveux ! »
crie Noémie, qui déteste qu'on la coiffe.

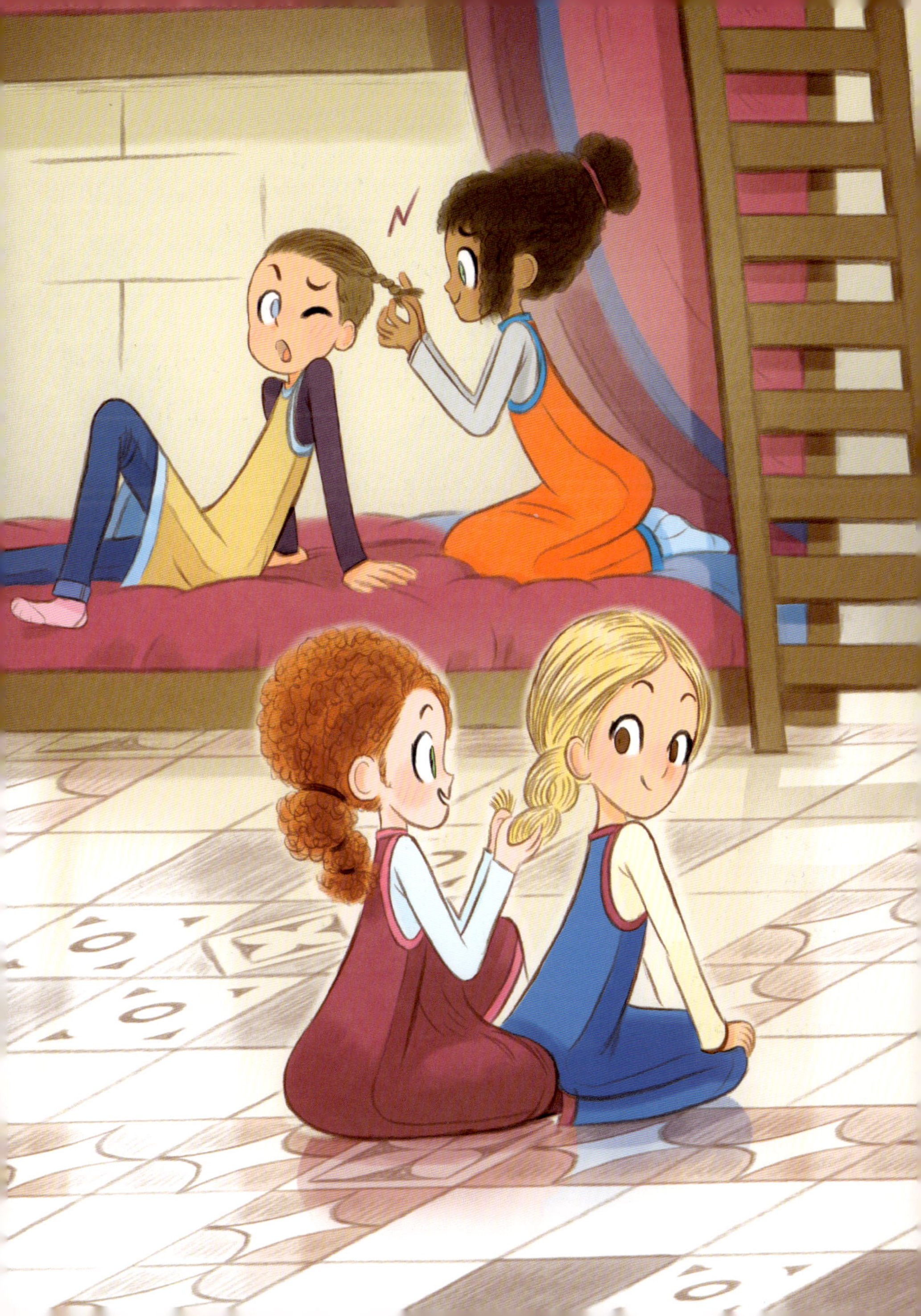

À la porte de la grande salle, un animateur costumé en troubadour attend les élèves.
Le père de Basil et la directrice, déguisés en roi et en reine, sont assis au centre de la salle. Les élèves défilent deux par deux et font une révérence devant eux.
« On dirait des mariés, glousse Johanna.
– C'est pas drôle », dit Basil, vexé.
Bientôt, la musique couvre le bruit des voix.
Les élèves exécutent plusieurs danses médiévales.
Pour finir, l'animateur met de la musique moderne pour faire plaisir aux enfants.
« Trop drôle de danser habillés comme ça, dit Marie.
– C'est comme une boum, dit Anaé.
– Mais on est mieux en pantalon pour danser qu'avec ces grosses robes », peste Noémie, qui se prend sans arrêt les pieds dans le tissu.

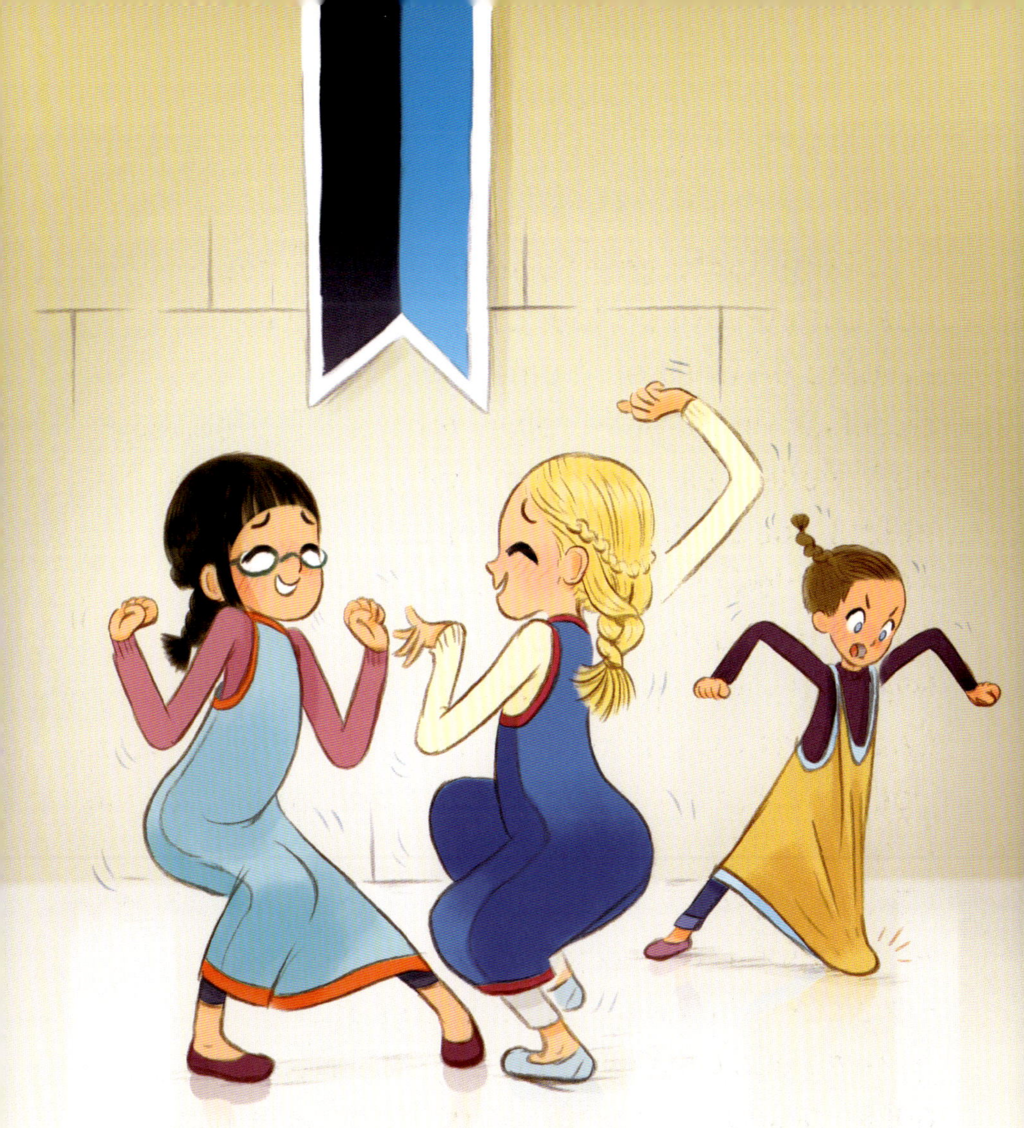

Le dernier matin, chacun, trop fatigué,
traîne des pieds pour faire sa valise.
« Elle est moins bien rangée qu'au départ, dit Lucie.
– Ça rentre plus, dit Noémie, qui a tout mis en boule.
– J'ai fini, attends, je vais t'aider », dit Lucie.
Johanna vient de terminer sa valise
quand elle réalise qu'elle a oublié
son bouclier sur le lit !
« Zut ! ça va plus rentrer. Tant pis, je le garderai
à la main. »

Dans l'autre dortoir, les garçons s'amusent
à se lancer des boules de chaussettes sales.
Quand le père de Basil entre,
la bataille de chaussettes s'arrête aussitôt.
« Au travail, les chevaliers ! Les filles sont déjà
prêtes, elles vont déjeuner sans vous.
– Pas question ! dit Basil.
– Ah non ! » dit Elias.
Et tous s'activent.

45

Sur le trajet du retour, le car a à peine démarré que tous dorment profondément.
Comme la route tourne, la pauvre directrice est malade. Elle devient blanche et elle vomit sur les pieds du père de Basil.

À l'arrivée, les CE2 descendent du bus
en brandissant leurs boucliers.
Quand Basil voit son père sortir en chaussettes, il s'écrie :
« Papa, où sont tes chaussures ?
– Elles sont là, répond son père en agitant un sac en plastique. C'est rien, je te raconterai. »
Et il fait un clin d'œil complice à la directrice qui rougit, gênée.
La mère de Lucie attend sa fille,
un petit sac à la main. Elle lui dit :
« Désolée ma princesse, j'ai écouté ton message trop tard. J'étais sortie dimanche soir
et j'avais oublié mon portable à la maison.
– Telle mère, telle fille », dit Lucie en riant.

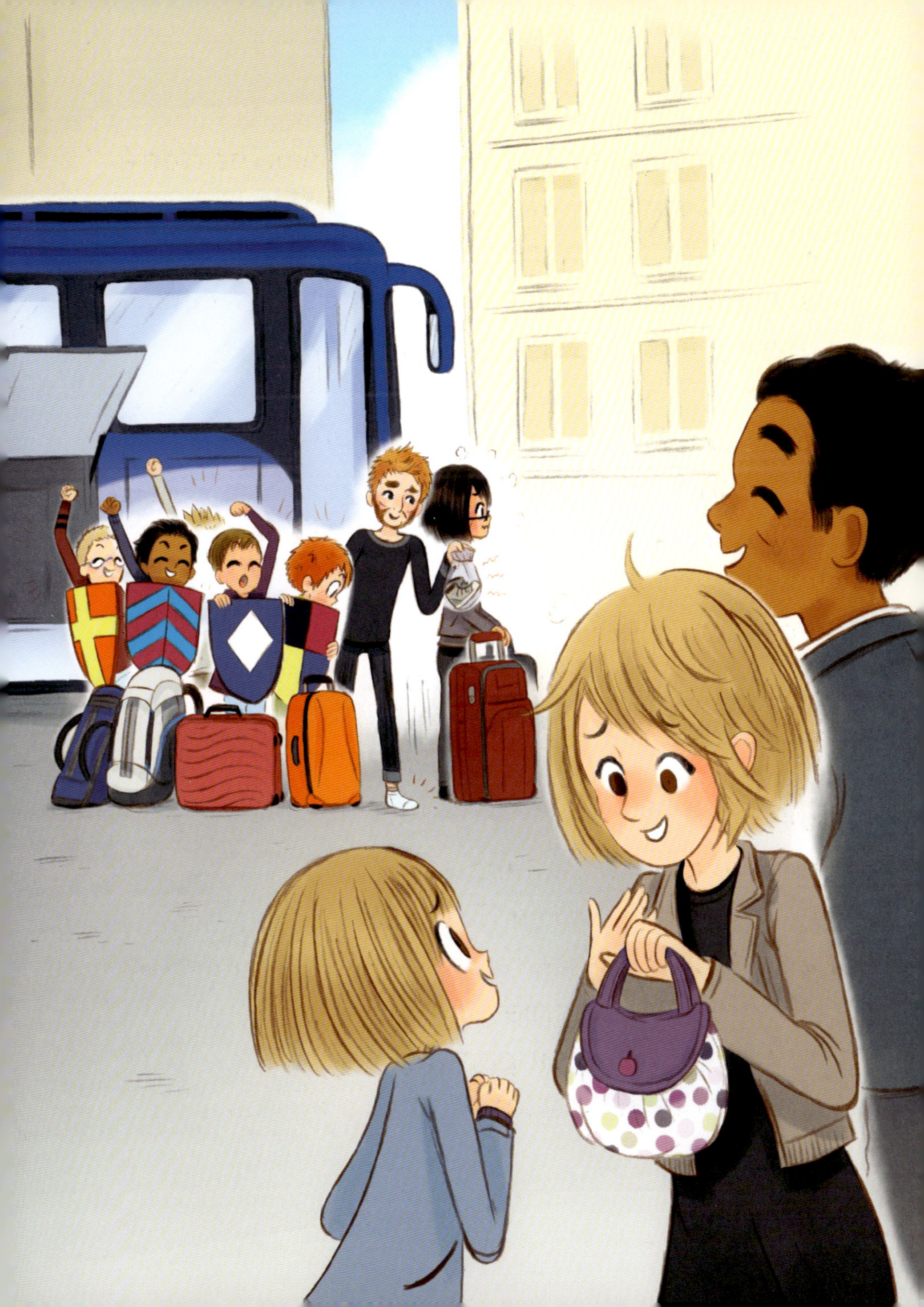

Retrouve les aventures de Basil, Marie et tous leurs copains du CE2 dans les autres histoires de **Je suis en CE2**.

Déjà parus :

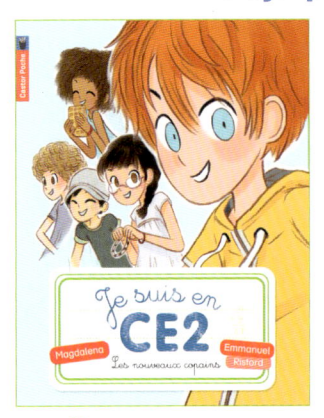

Les nouveaux copains

Les délégués de classe